KB244079

그래도 밥은 꼭 먹는다

그래도 밥은 꼭 먹는다

전병철 시집

문학마당시선 5

시집을 내며

시인처럼 살지도 않으면서 시인으로
사는 사람들과 시인이 아니어도 시인처럼
사는 사람들이 있다

부처를 보면 부처를
죽이라 했듯이 시를 보면 시를
죽이라 한다 침을
뱉으라 한다
갈기라 한다
하여 내게 있어서
시는 침 발린 말이
아니며 침 흘릴 대상도
아니고 침 삼킬 만한 것도
아니다

다만 나는 내 갈 길 갈 뿐이다

43380419불

인간 전병철

| 차례 |

제4부

제 1부

첫눈 · 1

아침부터 첫눈이 와도
학교는 난로를 피우지 않는다
아이들이 난로이기 때문이다

난로가 빼곡한 교실
냉기야 없을지 몰라도
아무래도 춥긴 춥다

학교에서
— 야근

학교는 바닷가다
선생님과 아이들 모두
아침 저녁 두세 번씩
밀물과 썰물이 되어
정규수업 보충수업,
야간자습 새벽에도
밤낮을 쉬지 않는
학교는 백사장이다

정답

미닫이를 소리나는 대로 쓰랬더니
'드르륵'이라고 쓴 초등학생 이야기로
한참이나 웃었다

내가 가르치는 아이들 중간고사에
당나라 쇠퇴를 초래한 세력을 물었더니
'헤깔리우스'라고 장난친 녀석도 있고
'향토예비군'으로 답한 녀석도 있다

답안지에 '인간 전병철 만만세'
아부한 녀석을 어찌해야 하는지
이리저리 고민하다 웃음이 나왔다

역사를 배우는 까닭을 물어보자
'달마가 동쪽으로 간 까닭'이라고
선문답한 아이는 영화를 보았을까
아니면 하산시켜 극장에나 보내 줄까

아예 기말고사에 '다음 글을 읽고
물음에 틀린 답을 쓰시오' 한다면
아이들은 무어라고 대답할까

이런 이야기로 들썩이는
우리들의 작은 교실
선생님이 웃는다
책상을 두드리며 아이들이 웃는다

봄소풍

기차가 늘어진 개나리길
바라보며 봄을 달린다
불쑥불쑥 고개 내민 진달래
야산마다 즐비한 무덤이
코앞 밭까지 내려와 누워 있고
쥐불놀이 시커먼 논둑 사이로
고향 같은 아저씨 아주머니들
니나노 흔들리는 관광버스 세상
휴가를 나왔는지 방위인지 몰라도
신호대기 건널목 앳된 군인도
무작정 반갑다 흔드는 손
쉰다는 것과 논다는 것은
아무래도 즐거운 일이다
내 아이들도 어찌나 잘 노는지
교실과는 딴판 살아 있다
용인 에버랜드 외국 휴양지 같은 이름
놓고 삼학년 아이들과 소풍을 가는데
창밖 무성한 무덤 위로 새싹들

개나리길 기차가 또 지나간다

아이들의 가을

떨어지는 은행잎들로 노랗게 물든 운동장
가을이 코앞으로 쏟아지고 발길 따라 쌓여도
아이들은 청소할 걱정부터 합니다
하기사 싫어도 해야만 하는 학교
젊음은 밤낮 성적으로 주눅들고
남들처럼 나도 가야 한다는 타성의 대학으로
꿈마저 빼앗겨 살아가는 아이들이다 보니
쓸고 쓸어도 밀려오는 낙엽은
보아도 보아도 발표되는 시험처럼
지겹고 짜증스런 짐이 될 법도 합니다
그러나 아이들을 탓할 것도 아닙니다
우수수 떨어지는 단풍처럼 그렇게
대학 문턱에서 쓰러질지도 모르는 아이들에게
하면 된다는 신화를 주입시키며
한창 초롱초롱해야 할 순진한 눈동자들을
눈치나 보고 졸게 만드는 보충수업으로
자꾸 헛손질을 반복하는 나의 안일한 분필과
정이라고는 메말라 버린 교과서나 문제집이

먼저 바뀌고 사라지지 않는 이상
아이들을 탓할 수만은 없습니다
오늘도 하루종일 필기하며 외우던 손으로
학급마다 줄긋듯 배당된 청소구역에서
호령 따라 빗질하는 아이들 맘을 아는지 모르는지
정작 없어져야 할 것은 없어지지 않고
창문 너머 은행잎만 염치없이 쌓입니다

별이 쏟아지는 교실

깊은 밤 교실마다 가득한 별을 나는 보았네
형광등 불빛 받아 더욱더 하얀 아이들 얼굴
끊이지 않는 졸음으로 쏟아지는 정답 소리
별표 둘 별 셋 출제빈도수 높은 문제라며
반복되는 소리 따라 형형색색 칠해지는 문제집
참고서로 숱하게 떨어지는 별을 나는 보았네

철딱서니 없는 일로 교도소까지 가야 했던 순필이
매맞는 학교에 있다 보니 때리는 걸 배운 탓일까
너의 출석부에 두 겹 붉은 줄을 그으면서
첫담임 시절 나는 너무나 부끄러웠다
내가 권장한 책을 자습시간에 읽다 빼앗긴 상완이
니네 담임은 교실에 비가 새고 이끼가 껴도
반듯한 말 한번 교장에게 못하면서
아마 너희 앞에선 큰소리 떵떵거리지

감방갔다온 얼굴이라고 쳐다보지도 않던 교칙과
도서관에 있는 책을 읽지도 못하게 하는 교실

아이들 속이야 썩든 말든
변함 없이 발표되는 시험시간표 보충수업
"우리학교는학생이다닐만한학교가되지못한다"*
해마다 수백 명의 아이들이 몸부림치며 자살을 해도
오늘도 학교는 하품만 할 뿐
졸고 있는 책상 위로 별 볼 일 없어도 별이 쏟아진다

* 학교 당국과 일부 교사로부터의 구박 및 폭행에 견디다
못해 1990년 6월 5일 영남대 인문관 옥상에서 투신자살한
대구 경화여고 3학년 김수경 양의 유서.

선생님이 아니다

너희 앞에서 나는 죄인, 선생님이 아니다
꽃이 피고 눈이 와도 수업만 하는 나는
너희들이 기대하던 선생님이 아니다
새생활 새질서보다는
새교실 새난로가 더 필요한 교실에서
바른 말 한번 못하고
하기 싫다는 보충수업 야간자습
다 너희 위해서라며 호령하는 감시자
바람직한 교사상은 책상 아래 밀쳐 두고
성적이 떨어지고 조금만 지각해도
위로는커녕 화부터 내며
사랑의 이름으로 너희들을 때린다
입으로만 떠들어대는 진리
입시지식이나 정신 없이 넣어 주며
세상 돌아가는 이야기는 묻지도 말라 하는
복종으로 길들여진 허울 좋은 성직자
장학사 앞에서나 연구수업 생색낼 뿐
너희 맘 드는 수업 준비 한번이나 하였을까

세월 따라 갈수록 주눅드는 찌든 얼굴과
하루 하루 타성의 분필로
끝내 눈치나 보고 안일에 빠진
그런 죄인, 나는 선생님이 아니다
바람이 불고 꽃이 져도 그저 칠판만 끌쩍이는
나는 너희들의 존경받을 선생님이 아니다

보충수업

1.

선생님, 보충수업 안 받으면 안 되나요
야, 임마. 하라면 할 것이지 무슨 말이 많아
다 너희들 위해서 우리도 하기 싫은 거 하는 거지
뭐 우리는 하고 싶어서 하는 줄 알아

2.

보충수업 시간에 진도 나가면 어떻해요, 선생님
얌마, 할 수 없잖아. 하루라도 빨리 책을 떠야
문제집 하나라도 더 하지. 안 그래
딴 생각 말고 하라는 공부나 열심히 해. 알았어

3.

급훈도 걸려 있지 않은
우리들의 작은 교실
유리창 두드리는 바람 속으로
단풍드는 운동장
저 멀리 속삭이듯 노을이

교실 가득 얼굴마다
간지럽힌다 어지럽힌다

4.
어휴, 지겨워. 뭐가 저리 복잡하고 중요해
줄칠 것은 왜 그리 많은지 대가리 터지겠네
맨날 들어도 무슨 소리하는지 하나도 모르겠네
에라, 만화책이나 보면서 시간이나 죽이다
나중에 찍어 준 핵심만 외우면 되겠지 뭐어

그때 그 뿐

오늘 나는 수업을 하다가
딴 짓만 하는 아이를
불러 이유도 묻지 않은 채
냅다 패버렸다
이런 날이면 쥐죽은 듯
아무래도 조용하지만
그때 그 뿐이다

참회록
— 거울

거울을 보니 얼굴이 나타난다
웃으면 웃는 대로 슬프면 슬픈 대로
나의 모습을 죄다 드러내지만
거울은 아무런 말도 하지 않는다

역사는
말하지 않고 꼼지락거린다

슬픈 일

오늘도 나는 빈손으로 간다
코스모스 짝하여 흔들대는 팔월 한가위
사람들 마음은 부푼 가을 하늘 따라
두둥실 구름 되어 고향을 재촉하지만
언제부턴가 나의 고향은 부담으로 다가왔다
서른 나이에 홀로 가는 명절
만나는 이웃 인사마다 언제 가냐는 국수 타령
푸념 반 노여움 반 부모님은 장가가라며
이대 독자 며느리 못 봐 생병 든다 할 터이니
쓸쓸한 허수아비 어깨마저 늘어진다
어머니, 혼자인 사람이 저만이 아닙니다
근 사십여 년을 떨어져 산 세월도 있어요
못난 제 다리만 걱정하시지 마시고
갈라져 비틀어진 땅도 생각하셔요, 아버지
나의 몇 년 슬픔은 슬픔도 아니라고
변명해 보건만 그러나 슬픈 일이다
객지생활 십여 년에 애써 꽃피운 평교사
명함은 없어도 아이들 눈동자에 보람을 심고

민족을 들먹이며 사랑을 진실을 가르치기에
화려한 훈장보다 하얀 분필 하나로도
그저 즐겁기만 하고 긍지가 되었건만
갈수록 웬일인지 초라한 얼굴과 허름한 칠판
뜻보다는 생활이 강한 세상 탓일까
눈이 현실보다 너무 높은 탓일까
절뚝거리는 교단 위로 한숨만 쌓이며
이 날 이 때까지 기다림이 계속된다
그래도 언젠가는 만나야 할 사람과
언제라도 이뤄야 할 세상 다지며
손짓하는 코스모스 길 따라 고향엘 간다

밑 빠진 독이기에 나는 물을 붓습니다

역사를 왜 배워야 하는지, 역사를 배우는 까닭이 무
엇인지
모르는 것은 고사하고 아예 생각조차 아니 하는 아
이들 앞에
새학년 금강 위로 봄바람 부는 교실에서 첫수업을
합니다
삼국통일 했다는 나라가 신라인지, 고구려인지, 백
제인지
모르는 것은커녕 관심조차 없는 농업학교 아이들
앞에
새학기 개나리 진달래꽃 환한 교실에서 역사수업을
합니다
'지금 보고 있는 시험과목의 이름을 쓰시오'라는 주
관식 물음마저
공부 같은 거야 남의 일, 반 정도도 대답하지 않는
아이들에게
역사를 가르친다는 것이 필요 없을지라도 역사를
가르칩니다

밑 빠진 독에 물 붓는 일이
아무런 소용이 없다고들 하지만
밑 빠진 독이기에 오히려 더 물을 부어야 한다는
오기 하나로 오늘도 나는
조는 아이들 잠시라도 깨우랴 물을 부어봅니다
생각하면 주눅들고 버려진 모습
마치 내가 사는 땅과 같아
밑바닥까지 드러낸 강
아아 작은 눈물이나마 쏟아봅니다
고인 물은 썩기 쉽고
흐르는 물만이 흘러 땅 속 거름이 됩니다
밑 빠진 독이라고 푸대접이지만
밑 빠진 독이기에 거름이 되고 바닥이 됩니다
바닥이 되어 강물을 흐르게 하고
바닥이기에 강물과 함께 합니다

멀리 보면

대한민국에는

학교가많다

그러나

학교다운

학교가없다

그래도

선생님들과아이들은

쉬지않고

학교에간다

날마다

학교에산다

단기 사천삼백삼십이년,

올해는 박찬호 박세리에 이어 이승엽 김미현까지
뇌리에 박히고, 가만히 있어도 오현경에 빨간마후라
에 서갑숙까지 알게 되었다. 반도의 반쪽, 한편에서는
자리조차 없어 교단에 서지도 못하는 판에 또 한쪽에
서는 교사가 모자라 너도나도 선생이 되고 있고, 결코

명예롭지 않은 하늘 아래 아름답지 못한 겉바람만 무
성할 따름이다.

　서기 일천구백구십구년,
　이제는 전혀 낯설지 않은 '무너지는 교실'과 '학교
붕괴'. 들여다보면 교실이 무너지고 학교가 무너지는
것이 아니라 우리들의 마음이 무너지고 우리들의 몸
이 무너지는 것, 우리들의 일터가 흔들리는 것이다.
그리고 자세히 들여다보면 무너지는 것이 아니라 변
하는 것, 짧게 보면 무너지는 것이지만 멀리 보면 변
하고 있는 것이다.

역사는
길게보자는데
있지
짧게보자는게
아니다
역사는

누가
뭐래도
역사의맛은
변하는데
있다

여기까지 왔구나

1998년 반쪼가리 한반도의 11월 교사는 결코 노동자
가 아니라 성직자라며 성직자인 교사가 어찌 머리띠
두르고 데모할 수 있냐며 그렇게 몰아세우던 이들이
이제는 허리띠 두르고 데모를 한다 근무 시간도 아랑
곳없이 파업을 한다 성직자라는 이들이 생존권도 아
닌 밥그릇 하나 내줄 수 없다며 데모를 한다 파업을
한다 교사는 집단행동을 할 수 없다며 헌법 운운 큰소
리치던 이들이 이제는 체제를 전복하려 파업을 한다
파업을 성적으로 죽어가는 아이들 더 이상 죽일 수 없
다고 참교육 부르짖던 선생님들을 빨갱이로 몰아세우
던 이들이 이제는 빨갱이처럼 데모를 한다 데모를

이제는 껍데기, 껍데기들이다

알몸뚱이 겨울을 좋아하던 시절이 있었다
백제 땅 종로와 부여 구석을 누비며
한 시대 역사를 시로 몸부림치던 사내
껍데기는 가라 모오든 쇠붙이는 가라
온몸 통곡하던 우금티 산하에
눈 덮인 벌판을 좋아하던 시절이 있었다
기다리는 것과 기다려지는 것과의 거리는
난과 혁명의 차이 정도나 될까
눈도 메말라버린 아이엠에프 세상
거리로 내몰린 자들에겐 불행 중 다행이건만
올 농사부터 걱정이라며 혀들을 차기도 한다
이대로 기다려도 봄은 오는 것인가
우리들의 봄은 얼마나 더 기다려야 되는지
생각할 틈도 없는 봄방학마저 흐르고
떠나간 아이들 대신 다시 아이들이 몰려온다
벌거숭이 겨울을 미워하던 시절도 있었다
강물은 얼음 속으로만 흐르고
집도 마을도 산맥도 하얀 하늘 보고

누가 하늘을 보았다 하느냐며
울부짖던 세월, 그 알맹이 천국에
그리하여 껍데기가 그립던 시절이 있었다
껍데기가 있으므로 알맹이가 있고
알맹이가 있으므로 껍데기가 있는
이제는 봄
이제는 껍데기가 살아나는
이제는 껍데기들이 들고 일어나는

공주여중 강병철 선생님

단추도 지친 남방
칠십 년대가 그리웠을까
검정 비니루 가방 입 벌린 채
풀어진 다리와 어정쩡한 어깨
처음 대하는 아이들에겐
용인처럼 보였나
'아저씨, 아저씨' 부르다가
수업이라 교실에 들어서면
놀라 긴장하는 눈빛들,
이내 깔깔 웃고 마는 지지배들
그 속이야 누가 알랴만
그저 푸짐한 얼굴로
별 말 없이 수업만 하는
그래서 천만다행인 선생님
그 환한 탄천행 버스 창문으로
쏟아지는 강선생의 아침 햇살

절름발이

세살 적, 갑작스레 꽂은 주사약에
다리 한 쪽이 어긋난
신라의 삼국통일만큼이나 불완전한
나의 몸은 절름발이
이른 새벽부터 한 밤까지 보충수업 하랴
지시전달 반복하랴
잘도 부러지는 분필만큼이나 줄어든
나의 학급회의는 절름발이
일년 내내 뼈빠지게 일하고도
사람 대접받기는커녕
장가 한번 못 가고 빚만큼 설움도 많은
나의 고향은 절름발이
힘줄이 가로막혀 신경마저 마비된
마음껏 달릴 수도 없는
두 동강난 남북처럼 지지리도 못나빠진
나의 땅도 절름발이

통일되는 그 날이 오면
제대로 걸을 수 있을까

나는

거울이고 싶다
꽃 피면 꽃이나 비춰주고
눈 오면 눈이나 보여주는
그런 거울이 아니라
좋은 사람 좋다 하고
미운 놈 미워할 줄도 아는
이런 거울이고 싶다
나는

제 2부

첫눈 · 2

푸짐한 안개꽃으로 쏟아지는
뽀얀 살결의 정갈한 그리움

오늘은 그저 니가 보고 싶었다

상사병

얼마나 간절했기에 바람으로 달려와
머리를 창문에 박으며 신음하는가
달도 오그라드는 금강 너머 강건너
미루나무 몇 그루 다소곳이 서 있고
가을은 코스모스 코끝에 매달려 있다
움직일 수 있는 것은 바람뿐인 긴긴 세월
이제는 쉽게 안아도 되는 사랑이고 싶다

두 발 번갈아 갑니다

막바지 겨울
사정없이 눈이 내립니다
봄 오는 듯하여 가벼웠던 옷차림
지쳐 누워 있는 연탄 아궁이에까지
기승을 토하듯 계속되는 눈발로
한겨울보다도 추워지는 서슬입니다
자리에서 일어나 보면 어수선한 풍경
이미 고개 내민 햇살의 눈짓 따라
헐레벌떡 일터로 향하다 보니
얼어붙은 바닥에 촘촘히 쌓인 눈길
사방에서 쉴 새 없이 내뱉는 입김과
다칠까 조심하랴 끙끙대는 차 소리에
그래도 세상은 꿈틀거립니다
살아가는 일이 아무리 힘들지라도
웅크리고만 있을 수 없는 것처럼
뒷걸음 친 봄
이래저래 삶이 무겁고 더딜지라도
사람들은 저마다 가야 할 길 찾아

오른발, 왼발, 두 발 번갈아 가며
쓰러지지 않게 헤쳐 갑니다

꽃그리움

당신과 함께 갔던 남녘땅 길가에
지금도 갈대와 코스모스는 어우러져 있을까요
발길 닿는 곳마다 번식 좋은 코스모스는
인정이 많아서인지 무더기꽃으로
하루가 모르게 꽃그리움 퍼뜨리고 있었고
가진 것이라고는 허리 하나 뿐인 갈대는
하늘을 지탱하느니라 그런지
바람에 인사처럼 서로 의지하고 있었습니다
비슷한 처지끼리 한데 살아가는 모습이란
아름다움이 지나쳐 부럽기조차 하였습니다
아무리 연약해 보이는 것들도 제각기
씨뿌리고 살아가는 방법은 있는 법이며
바람에 흔들린다고 쓰러지는 것은 아닙니다
뿌리뽑힐수록 마구 피어나는 코스모스와
세상이 거셀수록 또렷이 일어나는 갈대처럼
우리가 딛고 사는 이 사랑이 모질고 힘겨울지라도
서로 함께 가는 길이라면 어디라도
쉽게 슬퍼하거나 절망해서는 안 될 것입니다

첫눈은 오지 않고

첫눈이 온다던 날 첫눈은 오지 않고
을씨년스런 날씨에 창문을 열었다 닫았다
어수선한 가슴만 자꾸 오그라듭니다
가을이 가면 만날 수 있다던 사람
낙엽이 쌓일수록 기다림은 깊어 가고
책상머리엔 이미 누래 버린 사진 하나
함께 손잡고 활짝 웃던 얼굴들
사십여 년 세월에 이제는 낯설기조차 하여
하루에도 몇 번씩 치워 버리고 싶은 마음
굴뚝같은데 차마 잊지 못하는 피그리움으로
틈만 나면 실타래 같은 기억 되살아나
이제는 오시려나 오늘은 오시겠지 오늘은,
첫눈이 내리면 온다던 사람
첫눈이 온다던 날 첫눈은 오지 않고

내 가슴은 눈물

강 따라 마주한 봄 언덕에서
내 사랑이 흐르고 내 꿈이 흐르던 강
바닥에 묻혀있는 추억마저 꺼내어
사랑 하나 몰래 띄운다
달래 달래 금수강산에 진달래
가뭄 끝에 넘치는 꽃비로
시름이야 한숨 접어두는데
아직도 거리는 아이엠에프
길은 여전히 방황으로 늘어져 있고
내 가슴 속 강은 눈물로 흐를 뿐이다
정작 넘쳐야 할 강은 넘치지 않고
무너져야 할 것은 무너지지 않은 채
염치없는 세월만 흐른다

내 사랑

많지 않아도 좋다
딱 한 송이 들꽃이라도
평생 간직할 수 있다면

결혼을 꿈꾸며

짐이 되고 싶진 않았습니다

나로 하여 흘리시는 당신의
눈물

나로부터 불어나는 당신의
근심

나 때문에 고생하는 바로 그
당신

당신에게
나는 웃음이고 싶었고

당신에게
나는 희망이고 싶었고

무엇보다도 당신을

편안하게 해주고 싶었습니다

그러나
생각보다 감당하기 벅찬 세상
그래도 서로 하나 뿐인 소중한 사이
누구도 갈라놓을 수 없는
우리가 사랑이라면
당신이 나에게 내가 당신에게
짐이 된들 또 어떻습니까

어머니

끝끝내
흘러 흘러
어떻게든 흘러
깊은 강
푸대접 딸자식 두근두근
모래알 같은 근심걱정
아들자식 무엇이길래
자갈 구르는 노동마다
여름은 여름대로 쏟아지는 눈물
겨울은 겨울대로 떨어지는 눈발
땀인 양 시름인 양
게으를 줄 모르고
맨살 에이며
흘러 흘러
이제까지 흘러
끝내는 몸져누운
야윈 강

이제는 고향에 가도

이제는 고향에 가도
대문 밖에서부터 반겨 주던
된장국 내음도 사라지고
신발보다 먼저 뛰어나와
"아이구 내 새끼" 누런 이에
덥석 잡아 주던 물 묻은 손길이며
객지생활 얼마나 힘들었으랴
쌓인 세상사 철철 녹여 주던 구들장도
비가 오나 눈이 오나 '딸그락 딸그락'
새벽을 일깨우던 밥 짓는 소리도
이대 독자 아들 하나 잘 되길
한 평생 그 희망 하나로
고생이야 남 일처럼 미루던 일도
다 무너지고 쓰러지고 떠나가 버리고
지금은 병마에 신음하던 얼굴이라도
목메어 아쉬운, 아 어머니
아무리 당신을 불러도
불러 보아도 이제는

업業

코스모스 필 때마다
그리운 사람이 있다

안개가 자욱할수록
가슴 아픈 얼굴이 있다

임종 하나 지키지 못한
가을

그때부터 나는 코스모스 되어
오늘도 안개 속에 묻혀 있다

만나고 떠나는 일

만나고 떠나는 일이 오늘만의 일이랴
깊이 흐르는 물은 소리 하나 없는데

그 숲이 나는 좋다

많은 나무 가운데
구석진 곳에서라도
너의 모습이 있으면
그 숲이 나는 좋다

내게 숲이 좋은 건
단지 숲이라서 아니라
니가 있는 숲이라서
나는 그 숲이 좋다

온갖 꽃들 중에서
화사하지 않더라도
너의 얼굴이 없으면
그 숲이 나는 싫다

내게 숲이 싫은 건
단지 숲이라서 아니라
니가 없는 숲이라서

나는 그 숲이 싫다

많고 많은 나무들
피어나는 온갖 꽃들
보잘것이 없을지라도
화려하지 않을지라도
니가 있는 숲이라면
니가 사는 숲이라면

사람은 누구에게나 아름다운
계절이 있다

세상일에 쫓기다 보면
오늘은 잠이라도 자 둬야 되는데
자꾸 자꾸 저 달이
창문을 열어 놓는 바람에,
아 이별이야 견딜 만하였어도
그래도 그리움 남아…
성성한 안개 속 이 오밤중에
추억으로 울먹이는 사내 하나
생각할수록 사랑은
눈물이어라 설움이어라 이 가을
이미 떠나 버린 사람과
마지막까지 함께 할 사람을 위해
한 잔 술에 취해 달빛에 취해
그리운

제 3부

첫눈 · 3

변죽이나 울리다
아 잔뜩 변죽이나 울리다
꼬리 빼는 아침

그래
오늘 첫눈이 오긴 온 것인가

코스모스

발길 닿을 때마다 채이면서도
길이란 길 눈길 닿는 곳이면
어디라도 이어지다가 이어지다가도
우리 집 아파트 앞에서 뚝 끊긴

코스모스는 편안하다

그 흔한 길바닥에서
홀쭉한 고개들 빠끔 내밀고
지나가는 바람 아무에게나
늘 웃음으로 활짝 피어
쉽게 다가설 수 있는 꽃다발

모가지가 길어서 슬프다거나
봄부터 울면서 핀 꽃이라거나
그렇게 고상하진 못할지라도
소꿉동무 숙이의 헤진 머리에다
살짝 꽂아도 이쁘기만 하던

해마다 지천에 깔려
그 누가 보살피지 않아도
하늘마저 받들 듯한 무더기 얼굴로
추억에도 눈길이 닿는 곳이면
이래저래 반겨 주는 꽃쟁반

미주알고주알 아무래도
코스모스는 편안하다

해바라기

비가 오고
바람이 불고
비바람 함께 몰아쳐도
한번 먹은 마음
행여 누그러질까
촘촘히 박아놓은 이빨들
뿌리째 뽑힐지언정
쓰러지지 않고
죽어서도 가져갈
그리움 한 줄기

수국

꽃 한번 피우지 못하고
지는 나무에 비해
너는 너무나 푸짐하구나
열매도 맺지 못하면서
너는

혼자 피기 좋아하는 꽃이 어디 있으랴

바람 부는 세월 꽃이 핀다
캄캄한 어둠에서조차 꽃은 핀다

지었다 피는 들풀의 얼굴
그 꽃 그 속이야 알 수 없는데
저 혼자 피기 좋아하는 꽃이
어디 있으랴
누가 보아주지 않아도 아름답다는 들풀이
어디 있으랴
풀이 되지 않고서야
꽃이 되지 않고서야

지금 나의 꽃은 아무런 말 없는데
거울 밖으로 자꾸 바람만 분다

분재盆栽

원하지도 않는 삶을 살기는
얼마나 힘든 일일까
한갓 사람들의 눈요기로
뿌리 채 뽑혀 와
좁은 땅, 칭칭 감아 논 쇠줄 따라
허리 한번 제대로 펴지 못하고
다리도 팔도 모든 것이 줄어든
아아, 난쟁이 세월
그래도 마음은 하늘보고
가을이면 단풍 띄워
잎마다 그리움 놓는다

향기는 없어도
― 호접란胡蝶蘭

질기기도 하여라
꽃내음 하나 없는 것이
솟대처럼 기다란 몸뚱아리에
나비 날개 몇 달씩 펼치다
시들어도 떨어지지 않고
매달려 있는 꽃쟁반
세상은 공평하기도 한 것인가
향기는 없어도

공주박물관 벚꽃

개나리 흐드러졌다
꽃비 내리는 공주박물관
금빛 온전한 불상보다
팔 다리 목 떨어진 석불들에
눈길이 더 가는 건

욕망

한 사람이 지나간 자리를
다른 사람이 또 지나간다

물 속에서 물을 찾고
산 속에서 또 산을 찾는다

새들이 하늘을 날 수 있는 것은
먹을 것을 쌓아두지 않기 때문에
하늘을 날 수 있는 것은 아닐까
그 틈에 새 한 마리 또 날아간다

안개

여자들의 치마가 짧아지는
까닭이 달마가 동쪽으로 간
까닭과 관련이 있을까
없을까 안개 속에 금강이 흐른다
속까지 보일 것 같은 깡마른
바닥으로 넓어지는 백사장
그럴수록 자꾸 눈길이 가고
기왕이면 그 끝까지 볼 수 있다면
좋으련만 바닥은 바닥 나름대로
깊이가 있는지 끝내 바닥은
보이지 않는다 그렇게 강물은
흘러만 오고 가고 안개만
오늘도 길게 쌓이는데 달마는
치마를 입었을까 아니면
여자들의 치마가 이제는 달마일까
오늘밤 아홉 시에도 KBS뉴스는
남녀 앵커 둘이 방긋방긋 앉아
떠들 것이고 이것 저것 나름대로
잡동사니 심각할 것이다

매일 웃는 여자, 저 여자

자동차 위로 살짝 누워 있는
여자 굴곡이 심한 부분을 유독
강조한 저 여자 정도라면
홀딱 반할 수밖에 없는
미끈하고도 섹시한 모습에 뭐
승차감은 더 끝내 준다는 온갖
미사여구로 미치고 환장하게
대낮에도 충동질해대는 선전들
차와 여자가 무슨 관계가 있는지 생각할
틈도 없이 저 여자까지 끼워 줄 것
같은 유혹에 비싼 게 아니구나
계약을 하고 나면 여자는
온 데 간 데 없이 할부금 통지서만
날아오니 젠장 쓸개라도
빼 줄 듯하더니 저 여자
나하고는 애시당초 상관없는
것인가 책표지에
가게 음료수병에 달력에 술집 벽까지

따라와…… 오늘도
웃고 있는 여자, 저 여자

그 사내

그 사내는 늘 처음이자 마지막이라고 하였다. 처음에
도 처음이자 마지막이라 하였고, 두 번째도 처음이자
마지막이라 하였고, 세 번째도 그랬고, 네 번째도 그
랬고, 그렇게 누구에게나 처음이자 마지막이라 하였
다. 언제나 당신만을 사랑한다고 하였다. 오로지 당신
뿐이라고 하였다. 그 사내는. 그 사내들은.

세상 모르고

갈대인지 억새인지 몰라
으악새가 풀일 줄이야
하루하루 바삐 오가는 사람들
그 틈 속으로 깊어 가는 가을
코스모스 그리움에
내 가슴은 해바라기
아, 그래도 어둠은 두껍기만 하고
난초 향기 유난히 뒤척이는 밤
새우잠 자는 아내 곁에
큰 대자 아들 녀석 세상 모르고
새인지 풀인지도 모르고

코스모스 콧구멍

입이 근질근질한 아들 녀석
무슨 말부터 가르칠까

미운 사람들
아빠 대신 혼내주게
"야, 임마"나 가르칠까

좋은 게 좋은 세상
출세에 지장 없도록
"예, 예"부터 가르칠까

글쎄, 내 자식이라고
내 맘대로 할 수 없는
코스모스 콧구멍 세상

아비 맘 아는지 모르는지
가을은 자꾸 쫑긋거리고 있다

제 4부

첫눈 · 4

맞이할 준비도 없이
갑작스레 들이닥친 첫눈
꼭 강간당한 기분이랄까
올 겨울은 첫날부터
순결이 짓밟히는 것 같다

길은

여기 저기를
이어주기도 하지만
이쪽 저쪽을
나눠놓기도 한다

선

선이 있다

넘지 말라 하여도
반드시 넘어야만 하는
선이 있고

넘을 수 있어도
넘어선 안 될
선이 있다

세상에는
죽어도 넘어야 하는
선이 있고
결코 넘어선 안 되는
선이 있다

여기에도 선
저기에도 선

온갖 눈물들이
여기 저기 널려 있다

때밀이

때 밀어주는 사람 가운데
때 없는 이 누가 있을까
그러나
때 있는 사람이 어떻게
남의 때를 밀어 줄 수 있으랴
그런데
때 밀어주는 사람 가운데
때 없는 이 누가 있을까
하지만
때 있는 사람이 어떻게
남의 때를 밀어 줄 수 있으랴
그래도
때 밀어주는 사람 가운데
때 없는 이 누가 있을까
그러나
그런데
정작 사람들은
이런 고민이나 하는지

대추나무에 대추가 떨어져도

올해는 대추 서너 되, 흉년이다
아버지는 뒷간마저 개운치 않으신지
하늘만 바라보고 뭐라 신다
어머니 살아 자식들 뒤치다꺼리
한창일 때는 그 알 굵기도 하여
저 혼자 버티지 못해 팔 허리 받쳐두던
막대, 지금은 아궁이에나 있을까
씨암탉에 보약 이것저것 다 쓰고 남아
짭짤한 용돈도 되던 것이
이제는 영글 마땅한 이유 사라졌는지
예전 맛 하나 없이 맹탕이다
오늘 나의 가슴은 하늘에 매달려 있다

그 시절, 어디서나 달

어린 시절 문풍지를 울리던
낙엽 지는 소리 무서워
멀다는 핑계삼아 참던 뒷간
사내자식 들먹이며 놀리는
입방아 누나들에 질세라
큰 소리 치며 내친 걸음
쪼그린 바지 너머
반쯤 열어 둔 문틈으로 바라보면
아, 머리끝에 달린 감 그림자
왜 그리 따먹고 싶던지

만약에 공주 사람들

만약에 말이다
우리 동네 수도관이 터지고
세금마저 사기라도 당했다면
그래도 공주사람들
아무 말 없을까

또 만약에 말이다
금강 다리가 끊어졌다면
다른 곳처럼 공주사람들
그때 한번 시끌벅적하다가
지금은 잊고 있을까

아직도 우금티엔
박영감 버젓이 새겨져 있고
올 봄도 공산성엔
사랑에 빠진 벚꽃들로
가득 찰 것이니

세계화, 이 거짓말 참말

눈만 뜨면 지 잘났다고
떠들고 지지고 볶는 세상에
가진 거라곤 일곱씩이나 되는 붕어입 뿐
사글세방에 날품팔이
쥐뿔도 자랑거리 하나 없는 김서방
막걸리 판 홧김인지 본심인지
지 마누라 배꼽은 잘 생겼다며
그것도 끝내주게 이뻐 그 맛에 산다며
상품성 있게 수술만 해주면
슈퍼301조가 아니라 그 할아버지라도
끄떡없다며 이왕지사 특허에
시각적 예술적 소유권마저 따내 두면
세계화 그까짓 거야 왕창 실현
큰소리치는 마당에 공무원이 있었는지
어쩌구 청와대 직행 승승장구 저쩌구
그 뒤 여편네 덕보던 김서방
잘 나갈수록 쳐다보지도 않는
세계화표 마누라에게 끝내는 물먹어

지금은 막걸리는커녕
겨우 물 몇 모금 넘기는 형편이라나

순미의 유서*

원하는 것은 무엇이든 얻을 수 있는
자랑스러운 선진국 대한민국에서는
월 이십오만 원의 수입으로 일곱 식구가
지하에다 셋방을 얻어 산다

세원이는 국민학교에 입학하고
은미, 정미는 삼, 오학년으로
큰딸 순미는 중학교에 진학하게 되어
학교에 드는 비용이 걱정된다며
부모님과 두살배기 막내 남동생만이라도
잘 살게 해드리기 위해
네 딸이 차례 차례로
극약 탄 사이다를 나눠 마시다
넷째는 죽고 셋은 중태인
살기 좋다는 서울

원하는 것은 무엇이든 얻을 수 있어
쥐약까지 나눠 먹어야 하는

자랑스러운 선진국 우리의 서울
아 아 대한민국 우리 조국

* "엄마 아빠 정말 죄송합니다 저는 걱정 마셔요"라는
  내용의 유서

아파트에 쥐

아파트로 이사오니
쥐가 없다

시끄럽지 않아 좋고
깨끗하여 좋긴 좋지만
무언가 잃은 것 같은

단단한 밤 잠 못 드는
이런 외로운 날에는
찍소리라도 들을 수 있다면
반갑기라도 하건만

세 식구에 삼십이평 콘크리트
꼼지락대는 생명 겨우 몇몇
달랑 빈 그 자리에
쥐라도 있었으면

조용해서 좋고

반듯하여 좋긴 좋지만
찍소리 하나 없는

내가 사는 아파트엔
쥐새끼 한 마리도 없다

길을 가다가 박영감, 그 사람들

잘 살아보세 잘 살아보세
하고많은 길 중에
눈치 하나로 체면이고
나발이고 가릴 거 없이
배만 부르면 그 뿐인
아무래도 그렇고 그런
길을 가다가 박영감
그 길에 넘어져 그 길이 되어
그 사람들 아직도 그 길을 간다

꼬리

몸땡이보다 더 긴 꼴이라니
그러길래 뭐랬어 내가 진작부터
그러덜 말랬잖아 워쩌려고
그랬댜 그리 해묵었으면 그만
둘 것이지 아 꼬리가 길면 잽힌다고
해도 해도 너무 해딴께
시상에 만족할 줄도 알아야제
지 분수도 모르고 날뛰기만 혀면
혼자 욕심만 채워뿌리면 워짠댜
쯔쯔 철딱서니 읎게시리
거 뭐냐 거시기 민심이 천심이라고
사람들 맴이 약한 것 같아도
이래뵈두 젤루 무서운 게 사람인 겨
이것아

쥐는 살아 있다

1.
죽은 듯 하지만
쥐는 죽은 게 아니다
당분간 죽은 듯이
참고 있으면서
쥐죽은 듯 하는 거지
쥐는 죽지 않는다

2.
쥐약이라고 하지만
쥐는 안다
이제는
쥐약이 약이 아니고
쥐덫은 아무래도 덫임을
쥐는 느끼고 있다

3.
쥐새끼 같은 놈이라고

놀리지 말라
쥐새끼도 꼼꼼히 보면
새끼라서 귀엽고
무엇보다 쥐새끼라서
찍소리라도 낸다

4.
쥐는 살아 있다
먼발치 광고에서 보기만 하는
전지현보다 가까이
조금만 노력하면 만날 수 있고
마음이라도 주면 같이 살 수도 있는
쥐는 생생히 살아 있다

내가 사는 이유는

갈라진 세월
가위눌린 장판 맞붙여
누워 보아도 길게 동강난 방바닥
틈 속으로 쓸어 내도 밀려오는 먼지 따라
눈감을수록 되달려드는 그리움
하루하루 넘기다 이제는 미룰 수 없는
부푼 아랫도리
쓰러지고 쓰러지더라도
다시 일어나 살기 위한
오늘의 노동 뼈아픈 이야기며 생명력
미지근하겠지만 끈적끈적할 수밖에 없는
핏덩어리들의 지금 현장만이 있을 뿐
내가 사는 이유는
화려한 내일의 꿈이 있어서가 아니지
잘 길들여진 손과 적당한 얼굴
갈수록 주눅드는 한줌의 식량으로
더 이상 견딜 수 없는 근성과
이미 떠나가 버린 희망의 서러움

버리지 못하여 그 노여움으로 사는 게지
부러진 날들
더는 절망여선 안 될
내가 사는 이유는
단지 기쁨이 있어서가 아니지

새벽 오줌

새벽, 언 땅에 오줌을 갈긴다
많은 것을 녹일 수 있는
그런 체온은 아닐지라도
잠시라도 뜨거운 한줄기 소망
내 몸의 균형과 시원함으로
어둡고 무딘 구석
따뜻한 한판 어울림을 위해
있는 힘껏 밀어 후들거리며
씨 웃는, 나의 흔들리는 거리
새벽은 오줌으로부터 시작된다

치질

받기만 하지 줄 줄을 모른다
조심 조심 눌러도 소용없는
출구에서부터의 반역
살이 아닌 것들을
도려내지 못한 인정으로
되씻으면 그때 뿐
힘껏 밀어도 빠지지를 않는다
자꾸만 커져가는 응어리
피일 수도 없는
몇몇이서 온몸을 틀어막고
먹을 줄만 알지 내줄 줄을 모른다
하루하루 버릇처럼
항문까지 점령한
이 시대의 친일파여

고스톱(Go Stop)

똥 삼패 흔들어 크게 한탕 먹어 보려 했더니 초장부터
초치는 설사나 해버리니 젠장 빌어먹을 얼라 아니지
첫빽에 세배라 기회는 찬스 아예 연달아 싸게 되면 여
섯 배에 아홉 배 차라리 계속 싸 주기만 한다면 여기
에 나간 자식 애배고 돌아오기만 한다면 아으 에라 자
식아 뭐 먹을 게 없어 아이큐 십오야 쓰잘데기 없이
비십에 비오꿋이 뭐야 광도 찢어지고 약도 깨지고 글
러 버렸으니 이젠 맨발 피로 뛰는 수밖에 그러니 제발
두꺼비나 붙어 다오 피나 많이많이 에이즈도 좋으니
쌍피나 좀 붙어 다오 지랄하고 자빠졌네 피는커녕 가
진 똥마저 판쓸이에 내줄 판이니 이러다간 오히려 피
박에 쓰리 고 당해 쌩똥 쌩피까지 흘릴 수 있겠잖아
시작이 반이라 기분 째지더니 이거 어째 첫꿋발이 개
꿋발인거여 되레 똥씹는 얼굴만 되었잖아 에이 더럽
게 재수 없고 열받는데 이왕 버린 몸 신한국 실명제로
독이나 주고 말아 아니 아니지 내가 용가리통뼈도 전
두환도 아닌 이상 고통은 서로 분담해야 맛이고 주고
받는 현금 속에 싹트는 정으로 신경제 고스톱의 뭐니

뭐니해도 쩐관리를 통한 경제적 우위를 잊어서는 안
되지 참아야지 참아 어차피 보따리 장사 까짓거 상한
가 몇 번 때리면 본전이야 별거 아니니 자꾸 자꾸 흔
들다 보면 멧돼지 네떙이에 한 큐 한번 오겠지 크게
한탕 먹을 날 오긴 오것지 기다리다 보면 아기다리고
기다리다 보면 무릎 썩는 줄 모르고 지 궁뎅이 썩는
줄도 모르고

간섭파*

속일 수 없는 게 나이라더니
글쎄 나이 사십 아니랄까봐
어느 날 아침 일어는 나야겠는데
머리가 돌아가지 않고
어깻죽지가 들리질 않는 거야
잠 잘못 잔 탓이라고들 하길래
어처구니 반 오기 반
별거 아니겠지 버티다 버티다가
끝내 침 맞고 파스에 찜질하러
한의원에 갔더니 글쎄
참 신기하고 기특한 거야
지 혼자 알아서 두드리다가
구석구석을 주물러 주고
통통 때려주기도 하며
살살 만져도 주는 것이
효자가 따로 없더군
돈만 있으면 당장이라도 사다가
날마다 동해물과 백두산

마르고 닳도록 살고 싶건만
살고는 싶건만
아 아프면 맘도 약해진다더니

* 한의원 등에서 사용하고 있는 안마 기계의 하나

괴로운 날

내가 아는 이름보다
이름도 모르는
더 많은 꽃들을 만날 때
나는 괴롭다

괴로운 날 나는
밥보다 술
술이 더 생각나지만
그래도 밥은 꼭 먹는다

지천명知天命

김상배 (시인)

세상에서 어렵다는 일 중에 담배 끊는 일이 그중 으뜸으로 어려운 일이라는데 나는 나이가 마흔 들어가는 해에 그 놈을 끊고서 햇수로 아홉 해를 버티고 있으니 담배 끊은 놈과는 상종을 말라고 한 이유가 그런 지독한 놈과 수작을 연장하다가는 필시 금전상으로나 인간관계에서 손실을 입을 것이 뻔할 뻔자라 그런데 연 전에는 담배 끊는 일에 버금가게 어렵거나 여자들에게는 담배 끊는 그것보다 오히려 더 어렵다는 살 빼기에 도전하여 근 이십 킬로그램을 덜어내고 말았으니 내가 과연 독하기는 독하기로서니 그러나 사람마다 독한 부분이 있으면 약한 부분이 있기 마련 나는 누가 무슨 글을 부탁하면 싫어도 거절을 잘 못하여 누구누구 결혼식 축시만 모아 놓아도 시집 한 권은

너끈할 것이고 알오티시 二기로 군에 다녀오신 교감선생
님은 틈만 나면 김선새앵 하고 불러서 우리 지방의 모대학
교 알오티시 축제의 축사를 해마다 부탁하는데 한 번도 거
절한 적이 없었으니 혹자는 오해하고 윗사람한테 한 번 잘
보여 보자는 속셈이 아닌가 짐작을 하시겠지만 내가 근무
하는 학교는 사립이라 재단하고 별 관계 없는 교감은 소위
핫바지 즉 교장과 교사들 틈에 껴서 샌드위치 속의 찌그러
진 야채 신세라 그 짐작은 맞지 않고 오히려 남아도는 것
이 시간이고 원고 청탁은 원래 없으니 그렇게라도 누군가
가 글 부탁을 하면 그래도 나를 알아주는 사람이 있다니
요 얼마나 반가운 일인가 하시겠지 하는 짐작이 좀 맞아
들어가는 듯하기는 하나 나도 나름대로는 바쁜 사람이라
현직 인문계 고등학교 국어교사로서 교재 연구를 게을리
할 수 없는 형편이고 전국교직원노동조합 논산지부 사립
위원장으로서 사무국회의에 참석도 해야 하고 논산 사립
교사모임 회장으로서 한 달에 한 번 갈매기살 안주에 소주
몇 잔 해야 하니 거기에다가 내일은 대전충남작가회의 이
사회가 있고 또 며칠 있으면 청소년잡지『미루』2호 편집
회의가 있다고 연락이 올 게 분명해서 각설하면 시간이 마
냥 남아돌아가 글 부탁을 들어주는 것은 아니라는 말이지
만 그리고 어떤 때는 나중에 따로 모아서 책으로 펴낼 수
도 없는 쓸모도 없는 글을 쓰느라 끙끙거리고 있으면 아닌
게 아니라 시간이 좀 아깝고 노력이 좀 억울한 생각이 들
어가는 거라 나를 대충 아는 사람들은 저 놈이 담배 끊고

살 빼는 독한 놈이고 문학판 걸판진 자리에서도 술 한 잔
아니하고 시간이 좀 되었다 싶으면 냉큼 일어나는 요런 얄
미운 놈이니 그걸 알고 글 부탁을 아예 않는데 나를 잘 아
는 이를테면 강병철형 같은 사람은 저놈이 제 건강과 제
식구를 챙기는 데는 교활하고 독한 놈이지만 그 외에는 대
충 대충이고 만약 누가 가족이나 건강 밖의 문제로 그렇다
하면 별 생각이 없는지라 처음에는 시집을 좀 내야겠다고
전병철이 강병철형에게 운을 띄웠겠지만 강병철형은 돈
도 안 되고 그렇다고 해서 전병철이 무슨 대단한 작가라서
그 시집에 어떤 발문을 단들 때깔이 나는 것도 아니라고
생각이 들자 자기가 쓰기 싫다는 핑계 대신에 김상배가 약
간의 글발도 있고 하니 그렇게 하자 하면 머리 좋은 전병
철은 강병철형의 잔머리 굴리는 마음을 다 읽었으나 별 뾰
족한 수가 있는 것도 아니라서 그렇게 하자고 했을 것이고
그래서 나는 이 글을 쓰는 것이 틀림이 없으니 설사 내 이
추측이 빗나간 것이라 하더라도 그 절반의 책임은 강병철
형이 내게 남긴 그동안의 행적에 근거를 두는 것이어서 형
이 오해를 한단들 부담이야 별반 없는 법이라 여기서 잠깐
혹시 강병철과 전병철을 모르고 이 글을 읽는 사람들은 강
자나 전자 두 글자 중 한 글자는 오타가 틀림없다고 추측
할 수도 있겠으나 그런 것은 아니니 충남의 전교조와 대전
충남 민족문학작가회의에는 쌍안경이나 쌍절권 쌍라이터
만큼 유명한 쌍병철이가 있어서 요즘은 좀 뜸하지만 그들
은 십 수년간 이 병철이가 가는 곳에 저 병철이가 있고 저

병철이가 마시는 동안 이 병철이가 기다리는 세월이 있었
다는데 둘의 관계를 간단히 정리하면 강병철이 전병철의
시 선생이니 이 발문은 당연히 강병철의 몫이나 나는 강병
철형의 간교한 계략에 말려들어서 차마 거절을 못하고 또
이렇게 발문을 쓰고 있으니 여하튼 이런 식으로 발문을 쓰
는 것이 무릇 몇 번째냐 하면 첫 번째는 내 친구 중에 심상
우라는 사기꾼이 있는데 그는 시집의 발문을 때깔나게 하
려고 그의 충남대학 시절 은사이며 지금은 서울대학교 국
문과 교수로 계신 오세영 시인에게 부탁을 하고 몇 달을
목을 달고 기다려도 종 소식이 없자 급기야 어느 날 저녁
나에게 전화를 걸어 발문 사십 매를 부탁하기에 이걸 언제
까지 써야 하느냐고 물었더니 내일까지 쓰라고 모레 인쇄
들어간다고 그래서 그날 나는 날밤을 지새워 발문을 쓰면
서 그놈을 얼마나 원망을 했는지 그런데 새벽녘에 탈고를
하고 창밖을 보니 그게 아니더라고 먼동이 터오는데 그런
경험이 난생 처음이라 뭔가를 해냈다는 희열감에 내가 얼
마간 뿌듯해서 몇 시간 전의 원망스러운 마음이 싹 없어지
는 거라 그런 일이 있고 그리고 한참 지나서 강병철형이
첫 시집이 나오기로 한 지가 일 년이 다 되어가는 무렵인
가 그때까지도 시집이 나올 기색이 도무지 없는 거라 나중
에 안 사실이지만 강병철은 김사인이라는 명망가에게 줄
을 대고 있었는데 그 사람도 어지간한 사람인가 보라 어째
글 부탁을 한 지 일 년이 지나도록 기면 기다 아니면 아니
다 가타부타 무슨 말이라도 있어야 하련만 글쎄 조금만 더

기다리라고만 할 뿐이라니 어지간히 무던한 사람인 강병
철도 어느 날 드디어 뚜껑이 열린 거라 그래서 그는 기왕
지사 일이 이렇게 된 바에야 하늘 아래 이름도 없는 사람
에게 생짜로 발문을 쓰게 하는 것이 어떠할까 하고 잔머리
를 쓰는데 그 잔머리에 걸려든 자가 바로 나라 그래서 나
는 다시 한 번 날밤을 새워 발문을 써야 했는데 예전 내 친
구 심상우의 발문을 써본 것이 큰 경험이 되었는지 충남과
대전의 진정한 소설가 이은식 형님이 상배 발문이 김사인
발문보다 못할 것이 없다고 했다는 말을 시집이 발간 된
지 한참이나 지나서야 포장마차에서 지나가는 말로 슬쩍
흘려놓는 강병철형의 심보는 고약한지라 그는 지금도 사
람 좋아 보이지만 누구누구가 자기보다 시를 잘 쓴다거나
소설을 잘 쓴다거나 그런 말을 하는 바에 졸나게 인색한
걸 보면 괜히 사람만 좋아 보이는 것은 아닌가 의심이 드
는 적이 있으나 얼마 전 청소년 잡지『미루』에 쓴 내 발간
사를 보고 김상배는 글을 잘 쓴다고 그것도 눈 내리는 날
밤에 황재학 김수열 거기다가 또 계룡 문학회에서 얼굴이
제일 예쁜 은미씨 등과 술을 마시다가 사람 많은 그 자리
에서 그 말을 좀 해주면 제 입에 종기가 나 누가 뭐라기를
해 꼭 옆구리를 찔러서 기어이 밖으로 나를 불러 낸 다음
눈 위에 오줌발을 나란히 세우면서 단 둘이만 있는 그 자
리에서 그 이야기를 하니 누가 그 이야기를 들어주는 사람
이 있나 이렇게라도 하고 내 자랑을 슬쩍 흘려놓으니 직성
이 좀 풀리는구나 충남 대전 글쟁이들 중에서 내가 보기에

는 잘 쓰고 못 쓰는 수준들이 마치 케이원 격투기 랭킹보
다 더 선명하건만 정작 이런 말이 술자리 등에서 은밀하게
나돌면 그러면 괜히 엉큼한 몇몇 놈들은 쿨하지 못하게시
리 글이란 누가 잘 쓰고 누가 못 쓰는지 순서를 정하기가
그리 만만한 차원이 아니라고 어쩌고 야단법석을 해 그래
아무리 그래도 미스코리아 진선미 순서를 정하는 것이 어
렵지 글 잘 쓰기로 순서를 정하는 것이 더 어려울까 그런
데 전병철은 그런 식이 아니라 저는 대전충남 작가회의에
서 시를 제일 못 쓰는 시인이라고 인정을 해 내가 시집을
내도 되겠느냐고 형이 내지 말라고 하면 안 내 뭐 그런 말
을 했는데 실제로 그렇게 했을지 아니었을지 그거야 확인
할 수 없는 문제지 다만 나는 전병철의 그런 태도가 오히
려 신선한 거라 그래서 그런 말을 주고받던 바로 그 자리
에서 또 그만 전병철의 시집 발문 부탁을 턱하니 받아들이
게 되었지만 아 거 시집이라는 것이 머시기 거시기 시 잘
쓰는 놈들만 내는 건가 그래서 전병철의 시를 억지로라도
읽게 되었는데 그러나 아무리 그래도 그렇지 이십 년 가까
이 시를 쓰고서도 시를 이렇게 밖에는 못 쓸까 싶었지 그
런데 오히려 오랫동안 문학판에서 사진이면 사진 음악이
면 음악 또 컴퓨터면 컴퓨터로 약방의 감초처럼 쌍화차 속
의 날계란처럼 굴러먹고서도 시를 어떻게 써야하는지 눈
치도 못 채고 있는 전병철이 문학판에서 글 좀 쓴다는 이
유로 어쩌다 한 번 나타나서는 똥폼이나 잡고 사라지는 치
들에 대면 오히려 귀엽지 충남 대전 문학판에서 머리 좋기

로 둘째 가라면 서러워할 전병철이 시를 어떻게 써야 하는지 아직도 눈치를 못 채는 걸 보면 그것 참 묘한 일이지 그래도 시를 장난처럼 하는 나와 비교해보면 그의 시심은 그의 시를 대하는 태도는 그의 시적 기교와 상관 없이 좀 숭고한 데가 있어서 시의 주제가 태반은 참교육이고 그가 그런 주제로 시를 쓰기 시작한 이야기를 하자면 한 십오 년쯤 거슬러올라가게 되는데 때는 바야흐로 천구백구십 년이었으니 모름지기 전교조에 가입했다는 이유로 천수백 명의 교사가 학교 밖으로 내쫓긴 해 그 다음 해 쯤 강병철 형과 일급정교사 연수를 받던 중에 연수가 끝나면 전교조 공주지회 사무실에 우리 둘 외에 전병철과 류지남 이렇게 모두 넷이 모여서 시 합평회를 하였고 그때부터 전병철과 류지남 시에는 참교육표가 찍혀서 고달픈 행로를 시작하니 그때가 지금 생각하면 나로서는 소위 내 인생의 터닝포인트였던거라 나는 충남대학교 재학 중에 전혀 뜻하지 않게 문학상을 받기도 하면서 잠시 문학에 발을 들여놓은 적이 있기는 하였으나 얼마 지나지 않아 졸업을 하고 생업에 종사하기 시작하면서 문학은 시골 장날 붕어빵 한 개보다 못하다는 생각이 들어 글 쓰기와 술 마시기 중에서 글 쓰기만 그만 두었는데 교사일정연수에서 오래 전부터 알고 지내던 강병철형을 만나니 그가 시를 다시 한 번 써보지 해서 내가 못 쓰는 것이 아니라 안 쓰는 것이라는 것을 보여주기 위해 제자 강유식이라는 시를 심혈을 기울여 써서 다음 날 대충 쓴 것처럼 슬쩍 보여주고 눈치를 살폈더니 그 시 좋다 하면서 다시 시 쓰기를 권유하는지라 또 사실 나는 천구백팔십구년에 전교조에 가입했다는 이유로 일급정교사교육에서 쫓겨난 적이 있었는데 그때는 교직에서 짤릴 처지였으나 패기 하나는 만만해서 배추장사를 한들 밥이야 못먹을라고 하는 심정이었지만 지금 생각하면 얼마나 철없는 남편이었던가 그때 전교조 탈퇴 각서를 쓰고 교직에 남아있으라고 한 사람 중에 신현수라는 내 친구가 있었고 나머지 한 사람이 강병철형이었으며 내 친구 신현수는 막상 내가 탈퇴 각서를 쓰고나니 쓰란다고 해서 정말 쓰냐고 눈물을 흘렸으나 강병철형은 진심으로 좋아하였는데 형은 이미 전두환 정권에서 자기 자신의 의지와 상관 없이 민중교육지 사건으로 해직된 후 별 볼일 없는 세월을 보낸 고통이 있어서 내가 꼭 자신의 처지와 같아질 것을 우려했음이라 그런 일이 있고 난 후 다음 해에 다시 받게 된 교사일정연수에서 그를 만나고 그의 권유로 다시 시를 쓰게 되고 그 후로 다시 두 권의 시집을 상재하게 되었으니 그는 은인 중에 은인이나 나는 그에게 단 한 번도 그런 표현을 한 적이 없었으며 그런 싸가지가 없기로는 전병철과 류지남도 마찬가지였던 것이라 시 선생도 선생이니 아무리 불알이 여물었어도 선생을 대하는 태도가 그게 무언가 맞담배질에다가 술잔 불쑥 들이밀기 말대답하기 등 이루 그 수를 셀 수조차 없으니 여하튼 십오 년 전 그 때 내가 지금까지 내 눈으로 직접 확인한 바는 없지만 이미 전병철은 『슬픈 조선』이라는 시집을 상재한 바 있다는 사실이 그의 프로필에 빠짐 없이 등장하는 그 자체만으로도 그의 시에 대한 열정은 최소한 십오 년 이상의 역사를 가진 셈이고 그래서 시를 별로 잘 못 쓴 역사도 십오 년이 넘는 셈인데 그 때도 그는 지금처럼 시에 별 재주는 없어 보였지만 강병철형은 속내를 감추고 혹시 우리들의 합평회가 깨질세라 잘 한다 잘 해 격려를 해서 그는 〈삶의 문학〉 시선집 『새로운 날들의 자유를 꿈꾸며』에 이름을 올려서 소위 시인 행세를 시작하게 되었으며 그후로 강병철 형이 두 권 나도 두 권 류지남이 한 권 시집을 내는 동안 전병철만 시집을 내지 못했으니 얼핏 전병철 그가 좀 불쌍하게 보일지 모르지만 그러나 그는 그 사이 『팔만대장경도 모르면 빨래판이다』라고 하는 역사서를 출간했고 그 책을 우리 학교 사회 선생들까지 책꽂이에 꽂아두고 있었으니 필시 베스트셀러이리라 그러니 시집 달랑 한두 권 있는 우리보다야 훨씬 낫지 그러고도 또 시집을 내려고 하니 책한 권 못 낸 사람들에 비해 욕심이라면 욕심이라 할 수도 있지만 그는 나보다 시는 못 쓰지만 그러나 시를 대하는 태도는 나보다 훨씬 성실하고 진솔하니 나 같으면 이번에 나오게 될 이 시집이 이전의 베스트셀러 『빨래판』의 명성에 오히려 누가 될 수도 있을 것 같아서 이 일을 어찌할까 망설일 것 같으나 그는 그런 계산을 하지 아니하고 그 시집 『빨래판』보다 못할 게 분명하다 해도 그런데도 뭐 그런 것이 대순가 하고 기어이 시집을 내려는 전병철의 열망을 들춰보면 뭐 이번 시집이 저번 책보다 좀 못하면 어떨까

그래도 괜찮지 않을까 싶다 그가 내게 보내준 시 중에서는
이번 시집에 실린 시보다 버린 시가 서너 배는 되니 나 같
은 날라리가 있는 것 없는 것 요놈 조놈 달달 긁어서 벌써
시집이 두 권이라면 그것도 문제가 있지만 솔직히 정체불
명의 첫시집 『슬픈 조선』을 없는 걸로 쳐서도 그 이후 시를
수백 편 쓴 전병철이 아직도 시집이 없다면 전병철에게도
문제가 있다고 하려고 했는데 사실은 그 주변이 더 문제가
있는 것이니 전병철이 작가회의에서 찍은 사진이 몇 컷이
며 전병철이 작가회의에서 틀어준 노래가 몇 곡이며 작가
회의에서 전병철 자동차 신세 한 번 안져본 사람이 누구이
며 그러면서도 전병철의 시가 수백 편이 쌓이도록 그에게
시집 발간을 권한 사람이 없었으니 인정머리도 없지 시집
한 권 나올 때가 되지 않았느냐고 누구 한 사람 빈 말이라
도 해주는 사람이 없었으니 에라이 집으로 돌아가서 전병
철은 제 시를 꺼내어 또 몇 번이나 읽어보았을꼬 돈만 있
으면 누구나 시집을 낼 수 있는 자본주의 세상에서 그 정
도 자본은 충분히 갖추고 있는 전병철이 누구의 눈치를 보
느라고 시 수백 편을 닭알처럼 품고만 있었을꼬 돈을 잘
버는 그의 아내는 전병철을 하늘처럼 알고 사는데 그렇다
면 신랑이 시집출판을 하도록 기꺼이 물주가 되어줄 수도
있을 법한데 전병철은 무엇을 망설였을꼬 이제는 눈치볼
거 없다 망설일 거 없다 그의 나이도 꼬부라진 오십인데
곧 오십인데 시는 아직 안 되고 나이는 곧 오십인데 이제
어쩔거여 배째라 괜찮다 전병철은 올해로 마흔하고도 여

섯이니 불혹을 훌쩍 넘기고 지천명을 바라보는 나이라 만약 지천명知天命이라고 하는 것이 문자 그대로 하늘의 뜻을 안다는 것이라면 나이 오십에 지천명이라고 불릴만한 사람이 있기나 하랴 내 생각에 지천명은 제 스스로 하늘로부터 타고난 분수를 안다는 뜻이며 전병철은 최소한 제 시에 대한 분수는 알고 있어서 시집 내는 일을 부끄럽고 조심스럽게 여기니 내가 여기다가 이렇게 발문을 달아도 그는 나를 기꺼이 용서하리라

 문학마당시선 5

그래도 밥은 꼭 먹는다

초판인쇄 | 2005년 5월 2일
초판발행 | 2005년 5월 6일

지 은 이 | 전병철
펴 낸 이 | 윤영진
펴 낸 곳 | 도서출판 심지
출판등록 | 제 253호

주   소 | 300 -706 대전시 동구 삼성동 125-2
전화번호 | 042 635 9942
팩   스 | 042 635 9941
전자우편 | simji42@naver.com

ⓒ 전병철 2005
ISBN 89-91109-18-7   03810

값 6,000원

· 잘못된 책은 바꿔 드립니다.